타인은 나를 모른다

타인은 나를 모른다

소노 아야코 에세이　　　　　　　　　　　　오근영 옮김

책읽는고양이

차례

1부
서로 다르다

확신이 강한 사람

　자기 멋대로 행복해하면서 주변 사람을 힘들게 하는 사람이 있다. 그 사람은 자신의 행동에 확신이 강하기 때문에 참 난감하다. 다른 사람의 마음을 알지도 못하면서 스스로 자기가 옳다고 믿어 의심치 않기 때문이다.

유아적인 사람

유아적인 사람은 쉽게 상대를 심판한다. 이것도 큰 특징 가운데 하나다. 인간이란 존재는 속속들이 알 수 없다는 두려움조차 모르기 때문이다. 또 자신도 그 처지에 놓이면 무슨 일을 저지를지 모른다는 '불안을 느끼는 능력'이 부족하기 때문이기도 하다.

유아적인 사람은 사회와 인간을 불신할 용기가 없다. 우리는 불신이라는 일종의 불안정하고 무서운, 하지만 지극히 인간적인 방어 본능을 발휘해 비로소 하나의 믿음에 도달할 수가 있다. 믿게 되는 과정을 통해 인간을 이해하는 전인적인 능력이 장기간에 걸쳐 발휘되는 것이다.

일반적인 경우에 우리는 낯선 사람, 이름은 알고 있어

도 개인적으로 그 언동을 직접 옆에서 겪어본 적이 없는 사람의 삶의 방식을 신뢰할 만한 아무런 근거도 없다. 그런데 유아적인 사람은 여러 가지 도식에 따라 사람을 판단하고 그것을 믿어버린다. 그 도식도 시대의 흐름에 따라 변한다. 최근에는 유명하면 믿는다, 공론화되면 진실이라고 받아들인다, 외제차를 몰면 부자라고 생각한다, 이런 식이다. 하지만 현실에서는 이 모든 도식에 제각기 들어맞는 사람과 들어맞지 않는 사람이 존재할 뿐이다.

유아성은 모 아니면 도다. 그 사이에 존재하는 모호한 부분의 의미를 인정하지 않는다. 혹은 차별하는 사람과 차별당하는 사람으로 나눈다. 하지만 모든 사람이 가문, 출신, 인척 관계, 재산, 능력, 학력, 그 밖의 요소를 근거로 차별당하기도 하고 차별하기도 하며 살아간다. 다만 이 세상의 모든 사람이 각자의 위치에서 필요하고 중요한 존재라는 것을 인식할 때에만 인간은 차별의 감정을 극복할 수 있다.

평화는 착한 사람들 사이에서는 유지되지 않는다고, 어떤 가톨릭 사제가 말했다. 하지만 악인 사이에서는 평화가 가능하다고 한다. 인간은 자신의 내면에 있는 악한 부분을 충분히 인식할 때에만 겸허해지기도 하고, 상대의 마음을 알고 조심하며, 쉽게 화를 내거나 책망하거나 하지 않는다. 그리고 그 결과로서 간신히 평화가 유지되는 것이다. 요컨대 그와 같은 불순함 속에서 비로소 인간은 유아가 아닌 진정한 어른이 되는 것이다.

선의란 자신을 위한 것

선의로 한 일이라도 반드시 옳은 것만은 아니다. 하지만 옳지 않아도 어쩔 수는 없다. 어차피 인간은 항상 옳은 일만 하는 건 아니니까. 결국 선의라는 건 자신이 옳다고 생각하는 것에 지나지 않는다. 그리고 자기 나름대로 성실하게 살아갈 뿐이다.

남의 험담을 하는 이유

'삶은 참아내는 것'이라는 식의 고루한 말을 들으면 약간 반발심이 생기지만, 좋든 싫든 참지 않고 살아갈 수 없는 것만은 분명한 사실이다.

우리는 다른 사람을 싫어하거나 미워할 때, 적어도 거기에는 약간의 도덕적인, 또 누가 들어도 인정할 만한 상식적인 이유가 있다고 믿는다. 저 사람은 술버릇이 나빠서 싫다거나 사기꾼처럼 이 말 저 말 떠벌리는 사람과는 절대 가까이해서는 안 된다는 식으로.

그런데 이런 것들은 대부분 마찰의 근거가 되지 못한다. '듣기 좋은 말만 하는 남자'도 돌려세워 놓고 험담을 해댄다. '빈말 한마디 하지 무하는 벽창호'도 비난의 대상에서 예외는 아니다. '돈 버는 데만 정신이 팔려 있는 놈'과 '경제적 무능력자', '출세욕의 화신'과 '세상을 삐딱하게 보는 남자'. 어느 한쪽에 치우쳐서도 안 된다. 그저 험담을 하는 사람과 듣는 사람의 처지가 다를 뿐인 것이다.

하지만 인간은 갓 빚은 떡과 같다. 금방 축 늘어져서 어딘가에 들러붙고 싶어 한다. 다른 것을 다르다고 인정하는 것이 실은 두렵고 견딜 수 없는 것이다. 가능하면 어떻게든 남들과 다르지 않다고 생각하고 싶다. 하지만 실제로는 명백히 다르기 때문에 무심결에 험담을 하고 싶어지는 것이다.

누군가를 흉볼 때 그 사람과 닮아 있다

　종교가 있는 사람은 남의 험담 따위 절대 하지 않는다는 세상의 편견에 오히려 반발을 느낀 적이 있다. 물론 나도 험담이나 하는 품위 없는 인간은 되고 싶지는 않다.

　하지만 우리는 너 나 할 것 없이 똑같이 어리석은 요소를 가지고 있으면서 상대를 바보로 몰아세우며 살 때가 있다. 그것은 상대가 얼마나 바보스러운지 밝히는 것이 아니라, 오히려 자신의 어리석음을 다시 확인하는 일이기도 하다. 우리가 누군가를 바보라고 할 때, 반드시 바보라고 불린 사람과 닮아 있는 것이다.

　옛 사람들의 격언 중에 이 경우에 해당하는 좋은 표현이 많다. '똥 묻은 개가 겨 묻은 개 나무란다'도 그중 하나다. 자신의 약점에 눈을 감지 않고는 타인을 험담하는 것은 불가능하다. 그 같은 어리석음이 엄연히 존재하는데도 인간은 때때로 다른 사람의 흉을 보고 싶어 한다. 그런 인간의 보편적인 어리석음을 보면 가끔 가엾다는 생각이 든다.

증오의 쓸모

인간은 때로는 호의를 갖고 때로는 증오심을 갖고 상대를 이해한다. 호의만으로 상대를 완전히 이해할 수 있다면야 더 바랄 게 없겠지만 인간의 눈이 예리해질 때는 많은 경우 증오에 의해서다.

어쨌든 간에 우리는 상대를 보는 감정사가 되어야 한다. 선의만 있고 상대가 무슨 생각을 하는지 모르는 어수룩한 사람을 만드는 것도 지극히 난감한 일이다.

타인을 무시하는 마음

　나도 한때는 타인을 무시하는 게 어떤 지적인 정신 작용의 결과라고 생각한 시기가 있었다. 인간을 무시하는 데도 두 종류가 있음을 이해한 것은 훨씬 나중의 일이다. 그중 하나는 한마디로 자기 중심적인 사람으로 다른 사람에게는 흥미가 없는 경우다. 그 경우 타인을 풍경이나 도구, 혹은 사회적 시스템의 부품으로 간주하고 자신에게 유쾌한 것이면 받아들이고 그렇지 않으면 아무 망설임 없이 거부한다.

　타인을 무시하는 또 다른 유형은 자신과 상대의 의사소통이 완전히 이루어지지 않는 것에 대한 불안을 바탕으로 한다. 이런 성격을 가진 사람은 성실하면서도 엄격

하고 면밀하다. 즉 자신을 상대가 정확하게 이해하기를 바란다. 그리고 자신도 상대를 이해하고 싶어한다. 하지만 그것이 매우 어려운 일이라는 것을 알기 때문에 타인과 소통하는 일이 고통스럽다.

나도 옛날에는 후자 쪽이었다. 하지만 나이가 듦에 따라, 대충 넘어가는 성격이 되면서 자신을 남에게 이해시키고 또 내가 타인을 완전히 이해하기란 도저히 불가능한 일이라는 걸 자연스럽게 받아들이게 되었다. 그렇다고 내가 내 마음을 적당히 둘러대고 상대를 진지하게 대하지 않는 건 아니다. 나는 여러 모로 적당히 게으르게 살고 있지만 인간을 이해하는 것과 관련해서 만큼은, 설사 그 능력이 많이 떨어지더라도 최선을 다하고 있다.

나를 알아주는 타인

인간이 어떤 사람과 가장 깊은 관계를 갖게 되는 것은 그 사람이 자신을 제대로 이해하고 평가해줄 때다. 그런 사람은 어쩐지 좋아진다. 뻔히 보이는 인사치레에는 화가 나지만 다른 사람이 보지 못하는 점을 그 사람이 찾아내주었을 때 좋아지게 되는 것 같다.

누군가에게 미움받을 때

누군가에게 미움받을 때는 그 사람의 시야에서 사라
져주는 것이 가장 평온한 방법이다.

인간관계는 삐걱거리게 마련이다

　나 또한 젊었을 때는 사람과 사귀는 데 큰 환상을 갖고 있었다. 그 환상이란 취미에서부터 사고방식까지 뭐든 똑같아질 수 있는 친구가 있다는 믿음이었다.

　내게는 진심으로 사귈 수 있는 사람과 마음이 아주 잘 맞는 친구가 있다. 하지만 결코 상대가 나와 완전히 똑같은 인생관을 갖고 있는 것도 아니고, 취미가 완전히 일치하는 것도 아니다. 오히려 친구가 되고 적절한 인간관계를 맺는 것은 본래 각기 다른 개성을 바탕으로 자랐다는 확고한 인식을 갖고 그 차이를 받아들이는 데서 시작되는 것이다.

　지금의 나이가 되고 보니 젊은 세대들에게 말할 수 있

다. 인간관계는 기본적으로 삐걱거리게 마련이다, 어긋
날 수밖에 없는 것이다, 오해하고 이해하지 못하는 것이
다, 라고.

실제로 행동하지 않는다

올여름 여행지에 가져가서 아주 재미있게 읽은 책이
있다. 바로 에드거 버먼이라는 미국인 외과의사가 쓴《슈
바이처와의 대화》다.

버먼은 개발도상국의 의료를 지원하기 위해 미국인
의사를 단기 파견하는 '톰 둘리스 메디코(Tom Dooleys
Medico)' 라는 단체의 회장이었다.

슈바이처 박사에 대한 사람들의 인식은 '원시림의 성
자' 라는 이미지를 갖고 있거나, 그것에 배신당해 크게 실
망을 품거나 둘 중 하나인데, 버먼은 매우 따뜻하고 재미
있게 박사를 묘사했다.

"박사는 인정이 많으면서도 박정하고 용서가 없었고,

단순하면서도 복잡하고, 고집불통이면서 타협적이며, 대담하면서도 세심하고, 구두쇠이면서도 인심이 후했고, 잔소리가 심하면서도 너그럽고, 정이 두터우면서도 냉담하고, 짜증을 내놓고도 평온하고, 섬세하면서도 뻔뻔스러운, 그리고 무엇보다 많은 부분 불완전한 완벽주의자였다."

우리 현대인은 대부분 이와 정반대다. 인도적인 말만 하며 실제로 행동으로 보이는 것은 아무것도 없고, 뿌리부터 구두쇠이기 때문에 공금을 아무렇지도 않게 쓰고, 참견을 잘하기 때문에 잘 알지도 못하는 타인의 행동을 비판하고, 냉담 이상으로 무관심하며, 삶에 대한 취향이라고는 눈곱만큼도 없이 체제에 아첨하고, 자신의 의지를 표현할 용기는 전혀 없고, 그리고 무엇보다 전혀 결점이 없는 것 같지만 사실은 무엇 하나 적극적으로 좋은 일은 하지 않는 인물뿐인 것 같다는 생각이 든다.

모두 내 마음 같지는 않다

　나는 같은 울타리 안에 사는 아름다운 할머니인 시어머니와 분명히 요란하게 싸운 적이 있는데 지금은 아무리 생각해도 그 이유가 잘 떠오르지 않는다. 생각나지 않으니 태연하게, 아무렇지도 않은 얼굴로 지내고 있다. 시어머니로서는 그때 그런 소리를 잘도 해놓고 지금 와서 태연한 얼굴로 대한다고 생각할지도 모르지만 내가 워낙 천연덕스럽게 대하니까 어쩔 수 없이 덩달아 웃는 얼굴로 나를 대한다.

　야무지게 경우와 이치를 따지며 사는 사람은 상대에게도 똑같은 것을 요구하는 것은 아닐까? 자신이 상대에게 해준 배려만큼, 질과 양이 똑같은 배려를 받지 않으면

신의도 정의도 바로 서지 않는다 여기기 때문이다. 하지만 결코 세상은 그렇게 정확하지 않다. 오히려 받고 그걸로 끝인 배은망덕한 사람이 많기 때문에 어떤 성향의 사람은 그 모순에 괴로워하며 미칠 것 같은 기분에 빠져들기 십상이다.

나는 인도에 가면, 한센병 환자가 평상시 사용하는 식기로 음식을 먹을 정도로 투박하고 둔감한 면이 있다.

그런 둔감함이 예민한 것보다 얼마나 나를 온화하게 하고, 내 행동을 자유롭게 하며, 공포와 원망을 없애주는지는 이루 말할 수 없을 정도다.

노화하면 유치해진다

노인이 되면 아무개는 내 마음을 알고 있다든지, 아무 개는 내 편이라든지 하며 유치한 표현을 하게 된다.

마음이 맞는 사이는 있는데 반드시 상대가 반듯한 사람이라서 좋아하는 것은 아니다. 어쩐지 사물을 느끼는 방식, 어리석음, 성격, 취미 등이 비슷하기 때문에 사이좋게 지내게 되는 것이다.

내 편이기 때문에 받아들이고 자신을 비난한다 싶으면 거부한다. 이런 식으로 사고 형태가 바뀌면 노화가 꽤 진행되었다고 보아도 좋다.

악의와 파괴적인 정열도 인간의 일부다

선의나 위대함도 인간의 요소이지만 악의와 파괴적
인 정열 또한 인간의 일부다. 그 양면을 예측하고 분별하
여 바람직하지 않은 것은 현명하게 피하고, 나아가 평가
할 수 있는 사람이 되어야 한다.

인간관계는 이해보다 오해에 기반한다

인간관계는 이해보다는 오히려 오해 위에서 유지된다. 지금까지 특정인에 대해 잘 알지도 못하는 타인이 "그분, 참 지독한 사람이라고 하더군요." 하고 말하는 것을 나는 자주 접한다. 감정이 안정된다는 것은 '어떤 결론으로 치부해버리는' 것이다. 저 사람은 나쁜 사람이다, 저 여자는 감정적이다, 저 남자는 구두쇠다, 저 녀석은 머리가 좋다, 하는 식으로 정형화된다.

냉혹한 사람이지만 마음이 착한 면도 있다든가, 감정적이면서도 냉정하다든가, 구두쇠지만 제대로 돈을 쓸 줄 안다든가, 머리는 좋지만 현명하지는 않다든가 하는 표현은 그다지 환영받지 못한다. 하지만 보통 인간의 절대다수는 그처럼 굴절된 복합적인 모습을 띠는 법이다. 자신도 제대로 모르는 자신의 진짜 모습을 어떻게 남이 알 수 있겠는가.

내가 한때 인간이 무섭다는 생각을 가졌던 것은 두 가지 의미에서 부담이 있었기 때문이다. 대인공포증과 적면공포증(모르는 사람 앞에 나서면 얼굴이 붉어져서 나서기를 싫어하는 강박성 신경증—옮긴이주)이 있거나 사람들과 쉬 사귀지 못해 가벼운 노이로제에 걸린 모든 사람들에게 나는 이 두 가지 의미의 부담을 이야기해주고 싶다.

첫째로 나는 오해받는 것이 두려웠다. 그래서 사람과 만나는 것을 피하려고 했다. 물론 지금의 나는 누가 뭐라하더라도 체념하려고 한다. 다행히 오해라는 것은 그 대상이 누가 되었든 그 사람의 본질에 별로 영향을 끼치지 않는다.

둘째로 나는 남을 제대로 이해할 수 없을까봐 두려웠다. 어릴 때부터 나는 다른 사람에게 어떤 식으로 말하는 게 옳은지를 고민해왔다. 어떤 태도로 대하고, 어떤 말투를 쓰더라도 적당치 않다고 느껴졌다. 30대에는 불면증에 걸릴 정도로 그런 경향이 더욱 심해졌다. 상대에게 지나칠 정도로 성실하고 정직해지려다 보니 어떤 사람과도 말을 할 수 없었다. 인간에게는 한계가 있다. 상대를 제대로 이해하지 못한다고 자각하고 있는 편이 섣불리 상대를 이해한다고 여기는 것보다 나을 것이다.

슬픔에 잠긴 채, 인간은 이 같은 숙명적 인간관계에 괴로워하며 살아갈 수밖에 없을 것이다. 그것은 어떤 특별한 개인에게만 주어진 불운이 아니다. 질적인 차이가 있을 뿐 그 고통에서 자유로운 인간은 어디에도 없다.

서로 다르기 때문에 일이 이루어진다

요즘에 나는 이 세상에 나와 다른 성격과 재능을 가진 사람이 있는 것이 얼마나 멋진 일인가 하는 생각이 들기 시작했다. 나처럼 일단 트집부터 잡아놓고도, 마지막에 와서는 '될 대로 되라지' 하는 식으로 생각하는 사람만 있으면 세상은 조금도 진보하지 못한다. 이런 상황에서, 어떻게 해서라도 이 일을 이루어내겠다는 집념을 가진 사람들이 개척한 결과를 우리는 누리는 것이다. 그러니까 내가 가끔 경솔하게 험담을 하는 이에게도 사실은 깊이 감사하는 마음을 가지고 있는 것만은 틀림없는 사실이다. 그러한 것을 알게 되기까지 역시 꽤 긴 시간이 걸렸다.

도움을 주려면

내 경험상 도움을 줄 때 일반적으로 필요한 자금을 전액 내주는 건 좋지 않다. 이상적인 방법은 상대가 51퍼센트, 돕는 쪽이 49퍼센트를 부담하는 것이다. 그렇게 하면 돕는 쪽도 목에 힘을 주지 못할 것이고 상대는 긍지를 가질 수 있다.

그리고 그 후에 상대가 얼마나 진지하게 자립하려고 애쓰는지 지켜봐주면 좋을 것이다.

다른 사람의 덕을 본다

누구나 다른 사람의 덕을 본다. 좋은 것에서도 나쁜 것에서도 선물을 받는다. 이런 인간관계의 구조를 생각하면 누구나 기본적으로 겸허해질 수밖에 없을 것이다.

열등감에 빠져드는 스타일

아내가 자기보다 모든 면에서 우수한 사람이라면 순수하게 기뻐하면 되는 것이고, 아내가 자기보다 조금 모자라면 그것도 속 편해서 좋다고 생각하면 그만이다. 아내가 셈을 좀 잘하면 "우리 마누라는 나하고 달라서 계산을 아주 잘하지." 하고 자랑하면 되고, 아내가 도무지 계산이 안 되는 사람이면 "이거야 원, 내가 줄곧 따라다니지 않으면 아무것도 안 된다니까." 하고 으쓱하면 된다. 이렇게 생각하면 어느 쪽이든 괜찮은 게 아닐까?

간혹 아내와 달리 자신은 숫자 관념이 없다는 이유로 비굴해지거나 아니면 바보스러운 아내와 결혼해버렸다고 불행해하는 사람이 있다. 같은 일인데도 군이 불행해지는 길을 선택할 필요는 전혀 없을 것이다.

좋은 일을 한다고 생각하면 오히려

30년 전부터 해외의 가톨릭 신부와 수녀를 돕기 위해 내가 일하고 있는 해외일본인선교사활동후원회의 주된 원조 대상국은 아프리카에 많다. 그 사실을 잘 아는 나의 지인 중 한 사람이 이런 말을 한 적이 있다. 그 사람은 정직하고 성실하며 결코 내게 입에 발린 소리를 하거나 체면치레하는 일이 없다.

"근본적인 해결 없이, 당신들이 보내는 약과 식량으로 당장의 어려움을 모면하기 때문에 아프리카의 진정한 문제의 핵심이 드러나지 않는 거야."

"그래. 그럴지도 모르지."

"그러니 당신들은 구호하고 있다고 생각할 테지만 사

실은 근본적인 해결을 방해하고 있는 셈이야."

"그런가."

나는 어느 날 마음먹고 말했다.

"우리는 앞으로 나쁜 일을 한다는 각오로 아프리카를 돕기로 했어. 사람들은 이따금 좋은 일이 아니라는 걸 알면서도 나쁜 일을 할 때가 있는 것도 자연스러우니까."

그리고 나는 사실 의식적으로 '어쩌면 나쁜 일을 하는 것도 필요하다'고 느꼈다. 항상 자신은 좋은 일을 한다고 생각하면 오히려 터무니없는 자만에 빠지기 때문이다.

인간관계와 고독

내게는 지금도 의례적인 메일이 많이 오는데 그때마다 어떻게 답장을 해야 할지 모르겠다. 무성의하게 같은 내용의 답장을 하면 상대가 만족스럽지 않을 것이고, 일일이 마음을 담아 답장을 쓰자니 그러느라 인생이 끝나버릴 듯한 불안이 엄습한다.

메일이 인간관계의 폭을 넓힌다는 것은 과연 진실일까? 얼굴도 생각도 모르는 사람과 친해질 수 있는 사람도 있겠지만 그러지 못한 사람도 있다. 모르는 상대라도 빨리 친해지는 것이 좋다고 하는 사람과 모르는 상대와 친해지는 게 오히려 이상하다고 말하는 사람과, 어느 쪽이 옳고 그른가의 문제가 아니다. 어느 쪽이든 그럴 듯한 논리가 있어서 하루아침에 정할 수 있는 것이 아니다.

특히 인터넷에 관해서는 인간관계를 넓혀준다고 한결같이 찬미론을 펴는 터라 모두 친하게 지내는 것이 좋은 일이라고 처음부터 마음을 굳혀놓았다. 하지만 인간의 내면에는 고독을 찾는 소중한 지향도 있다는 것이 그 인식에는 거의 없다.

2부
자신의 속도로 산다

내키지 않을 땐 거절한다

어떤 부인이 친구로부터 아끼는 진주 목걸이를 빌려달라는 부탁을 받았다. 친구는 친척 결혼식에 참석하려는데 적당한 장신구가 없다며 진주 목걸이만 있으면 얼추 차림새가 갖춰지는데 목걸이를 살 여유가 없으니 하루만 빌려달라고 어렵게 부탁했다.

목걸이는 부인이 애지중지 아끼는 물건이었다. 결혼할 때 선물로 받은 추억이 깃든 물건인 데다 꽤 비쌌다. 하지만 친구가 어렵게 빌려달라는 데 싫다고 할 수도 없어서 내키지 않았지만 빌려주었다.

그런데 결국 사단이 나고 말았다. 친구 말로는, 결혼식에 가기 위해 전철을 탔는데 출퇴근 시간도 아니었건만 차 안이 몹시 붐볐다고 한다. 이리저리 밀고 밀리는 사이에 누군가의 우산이 그 목걸이에 걸렸다. 그 바람에 줄이 끊어지고 진주는 차 안에 산산이 흩어졌다.

그중 대부분은 간신히 주워 모았지만 중간에 내리는 사람의 발길에 차인 것도 있을 것이다. 누군가 집어 가지 않았다고 할 수도 없다. 결국 친구가 회수한 건 전체의 반이 좀 넘는 정도의 진주알이었다.

"미안해."

그 친구는 사과했다.

"그런데 남편은 '당신이 멋대로 빌린 거잖아. 당신 허영이 틀려먹었어.' 하며 돈을 주지 않아. 정말 면목이 없지만 모자란 진주를 사줄 수가 없구나. 내가 그걸 채워주려면 도둑질이라도 해야 해. 내 마음대로 쓸 수 있는 돈이 없거든."

이런 말까지 듣고 훔쳐서라도 물어내라고 할 수도 없는 노릇이라 부인은 어쩔 수 없이 그냥 받아들였다.

이 사건에서 목걸이는 두 가지 의미를 갖고 있다. 그것은 값비싼 물건임과 동시에 결혼을 기념하는 소중한 것이니. 만약 목걸이가 못 쓰게 되기라도 하면 추억과 큰 돈 두 가지를 다 잃게 된다. 그런 위험부담이 큰 물건은 애초에 빌리거나 빌려줘서는 안 되는 것이다. 이 사고는 운이 나빠 일어난 것도, 재수가 없어 일어난 것도 아니다. 쌍방이 일어날 수 있는 위험을 예측하지 않았을 뿐이다.

원망하지 말고 말한다

얼마 되지는 않지만 친구에게 돈을 빌려준 적이 있다. 의도적으로 보이지는 않았으나 친구는 잊어버린 것 같았다. 갚으라고 말하면 되건만 나는 갚으라는 말을 할 수가 없었다. 당시 나는 돈에 쪼들리고 있었지만 그 말을 할 수가 없었다. 아니, 정확하게 말하면 돈에 쪼들리고 있었기 때문에 그 말을 더 할 수가 없었던 것이다.

결과는 어떻게 되었을까?

그 친구는 오랜 친구로 내게는 소중한 존재였는데도 나는 내심 친구를 원망하고 있었다. 그 정도는 그냥 줘도 되지 않을까 하고 이성적으로는 생각하면서도 감정적으로는 그렇게 되지 않았다. 그런 나 자신이 서글펐다. 고작 이 정도의 돈 때문에 이래야 하나 하는 생각에 비참한 기분이 들어 견딜 수가 없었다.

특별히 위대한 사람도 아닌 마당에 돈은 있으나 없으나 우리를 속박한다. 돈이 아주 많은 사람은 그 돈을 관리하느라 엄청난 시간과 심리적 부담과 노고를 바쳐야 할 것이다. 동시에 돈이 너무 없으면 사소한 심리적 불안도 증폭되어 느껴진다. 상대로서는 갚는다는 걸 잊고 있을 뿐인데, 나를 무시하는 것 같아 알 수 없는 원망이 생기기도 한다.

화부터 내지 않는다

여자든 남자든 발끈하는 사람은 약한 사람이다. 발끈 화가 났을 때 사람은 공격적으로 되면서 얼핏 강한 사람처럼 보인다. 하지만 그것은 단지 히스테리에 지나지 않는 것이다. 약한 사람은 똑바로 보고, 조사하고, 분석하는 것이 두려워 화부터 낸다. 자기 자신도 그 대상의 하나로 분석되는 게 아닐까 하는 두려움 때문이다. 하지만 정말 강한 사람은 화내기 전에 우선 대상에 대한 객관적인 자료를 모으기 시작한다. 그 대상이 좋은지 싫은지 따위는 나중에 생각해도 된다. 좋아할지 싫어할지, 인정할지 거부할지 정하기에 앞서 우선 알아야 하기 때문이다.

소심하다

　나는 최근 뭉친 근육을 풀어주는 지압을 받기 시작했다. 처음에는 숨어 있던 웅어리가 차츰 손에 잡히기 시작하다가 조금씩이나마 사라져간다. 완치되는 데 열 달 가까이 걸릴 정도로 다리가 심하게 부러졌을 때 무리한 탓에 뭉친 것도 있을 거라는 설명을 들었지만 나는 좀 다른 해석을 한다.

　나는 실은 소심하기 때문에 주위에 무서운 것이 가득하다. 그리고 내게는 잃고 싶지 않은 것이 아주 많았기 때문에, 온몸에 웅어리를 만들면서 주위 모든 사안에 잔뜩 날을 세우며 방어적으로 살아왔을 것이다. 얼마나 소심한 인간이란 말인가. 좀 더 편안하게 근육을 이완하며 살고 싶다. 그러려면 딱 한 가지를 지키는 것 외에 나머지는 버리는 것이 중요하다.

허세를 버린다

진정한 의미에서 강해지려면 어떻게 하면 될까? 그러기 위해서는 딱 한 가지 방법밖에 없다. 이기려는 마음과 허세를 버려야 한다. 금방 탄로 날 얇은 가죽을 쓰고 호랑이 흉내를 내는 여우 같은 행동을 하지 않는 것이다.

세상은 인간이 얼마나 약하고 약점투성이인지 잘 알고 있다. 돈이 없는 것도, 가족 중에 문제아가 있는 것도, 자식이 대학에 떨어진 것도, 그 정도는 어디에나 있는 흔해 빠진 일이다. 그런데도 자신만은 관계가 없는 일이라는 듯한 얼굴을 하는 것 자체가 이미 우스꽝스럽다.

이기려는 마음과 허세를 버렸을 때 인간은 해방된다. 예전의 나의 머리와 어깨처럼 딱딱한 것이 아니라 유연

한 감수성을 가지면 자유로워질 수 있다. 그 자유 속에서 인간은 눈부시게 빛나듯이 그 사람만의 매력을 발산하고, 슬기로워지며, 돈은 없더라도 정신적인 풍요를 느끼며 어른스러워지는 것이다.

자신의 약점을 남에게 담담하게 말할 수 있기 전에는 여전히 성숙하지 못한 사람인 것이다.

식물은 온전히 자신의 속도로 산다

자연의 큰 특징은 결코 인간의 편의에 따라 싹을 틔우고, 꽃을 피우고, 열매를 맺지 않는다는 것이다. 식물은 온전히 자신의 속도로 산다. 인간은 단지 그 눈치를 살피며 수확하는 것뿐이다. 인간은 무기를 발명하면서 모든 동물 중에서 가장 강한 존재가 되었지만, 실은 식물에는 완전한 지배권을 행사하지 못하고 있다. 사람은 좀 더 겸허해질 필요가 있다는 것을 나는 밭농사에서 배웠다.

해야 하는 일을 담담하게 한다

사람은 누구라도 반드시 해야 하는 일이 있다. 최근에는 하고 싶은 일이 아니면 하지 않는다며 그것이 자유라고 큰소리치는 젊은이들이 늘고 있다는데 그것은 세상을 모르는 어린애의 판단이다.

"하고 싶은 일을 하는 것이 자유가 아니다. 인간으로서 해야 하는 일을 하는 것이 자유다."

예전에 어떤 인도인 신부가 한 말이다.
해야 할 일을 허세를 부리며 하는 것이 아니라 자연스럽게 아무 일도 아닌 듯이 하는 사람을 나는 좋아한다.

할일을 한 것뿐인데 그것을 남에게 떠벌리거나 일일이 칭찬을 기대하는 것은 유치한 일이다. 나도 어떤 일이든 자연스럽게 하는 인간이고 싶다.

해야 할 일을 한 사람에게 외부 사람은 깊은 감사를 잊지 않고, 한편 해야 할 일을 한 사람은 당연하다는 듯 담담하게 있는다. 이런 모습이야말로 더없이 깔끔하고 아름답다.

기다린다는 것

우리 집 고양이 보타가 죽었다. 향년 24세, 혹은 25세. 비서가 머리를 쓰다듬고 있는 중에, 크게 숨을 한 번 내쉬고는 그대로 죽었다고 했다. 생각해 보면 보통 고양이의 두 배, 아니 혹시 세 배를 살았는지도 모른다. 마지막까지 거의 앓지도 않았다. 얼마 전 주사를 맞히러 수의사에게 데리고 갔을 때 "이 고양이는 튼튼하니까 아직 더 살 겁니다"라고 말한 지 얼마 되지 않아서였다. 입원도 하지 않고 집에서 숨을 거둔 것이 나는 기뻤다. 친정 엄마, 시부모님도 모두 집에서 임종을 맞았다. 그것은 왠지 밝은 기억이다.

매일 아침, 우리 부부가 식사를 하고 있으면 보타는

'내 밥은 언제 줄 건가요?'라고 말하는 듯이 내 다리에 몸을 비볐다. 내가 식사 담당이라는 것을 잘 알고 있었다. 나는 닭고기는 살짝 데쳐서 주고, 촉촉한 가다랑어포는 석쇠에 얹어 표면을 살짝 구워서 준다. 그러면 구수한 냄새가 난다. 하지만 나는 8시 가까이 될 때까지 보타에게 밥을 기다리게 했다. 기다린다는 것, 간절하게 먹이를 요구하는 것이 심신 건강의 비결이라는 것을 믿고 있었기 때문이다.

있는 그대로 열심히 살아가는 모습이 교육이다

부모가 자식을 위해 무엇을 하면 좋겠느냐고 누가 물어도 나는 답을 모른다. 뭐가 좋은지 정도는 내가 새삼스레 말하지 않아도 모두 알고 있을 것이다.

나는 오히려 의식적으로 이러이러한 부모가 되겠다는 생각은 하지 않으려 한다. 다만 자식에게 약한 부모라 할지라도 열심히 살아가는 모습을 보이면 그걸로 족하다.

그런 바탕에서 괴로운 일이 있으면 우는 모습, 힘든 일이 있더라도 어떻게든 웃으려고 하는 모습, 돈이 없어서 짜증을 내는 모습, 남편의 바람기에 늘 화가 나 있는 모습, 그러한 것들을 자연스레 자식에게 보여주는 것이

가장 좋다고 생각한다.

그런 말을 하면, 그래서야 어머니로서 노력하는 것은 아무것도 없는 것 아니냐고 물을지도 모른다. 하지만 좋은 일을, 아름다운 일을, 온화한 일을 바라지 않는 어머니가 어디에 있겠는가? 만약 그렇지 않은 어머니가 있다면 그 사람은 아픈 사람이니까 다른 형태로 위로해야만 한다.

강하고, 아름답고, 훌륭하게 살려고 하는데도 여전히 실패하는 모습 자체가 식물이 자신의 썩은 잎을 비료로 삼는 것처럼 자식의 사람 보는 안목을 키우는 데 밑거름이 된다.

몸상태가 조금 나빠져도 침울해진다

나는 자신이 얼마나 나약한 성격을 가지고 있는지 잘 알고 있었다. 몸상태가 조금 나빠진 것만으로 공연히 자신감을 잃고, 희망은 흔들리고, 마음은 비뚤어져 남의 말을 악의로 받아들인다. 이렇다 할 이유조차 없이 말투가 가시를 품은 것처럼 퉁명스러워질 때도 있다. 그럴 때는 남에게 피해를 끼치지 않도록 이불을 뒤집어쓰고 잠이나 자는 게 낫다.

또 나는 사물을 보는 시각이 하루아침에 밝아지기도 하고 어두워지기도 하는 것을 체험했다. 한때 나는 병으로 혈압이 내려간 적이 있었는데 그런 탓도 있을 것이다. 그러다 보니 침울해지거나 절망적인 기분이 들면 나는 며칠 기다려봐야지 하고 생각할 수 있게 되었다. 인간의 생각에는 확실히 드러나는 외적 이유가 있는 경우도 있고, 외적 이유는 어제와 전혀 다르지 않은데도 받아들이는 방식이 갑자기 변하는 경우도 있다. 인간의 사소한 생리적 차이가 외부 세계를 받아들이는 힘과 질에 차이를 만드는 셈이다.

누구나 고독에 시달린다

아마 고독 또한 맞서 싸워야 할 대상일 것이다. 고독은 본질적으로 절대 다른 사람에게 위로받을 수 없다. 친구와 가정은 확실히 마음을 분주하게 한다. 하지만 진정한 고독이라는 것은 친구, 부모, 배우자, 아무도 나를 구제해주지 못한다는 것을 깨달았을 때 느끼는 것이다. 그만큼 절망도 크다. 하지만 인간은 천지개벽 이후 누구나 똑같은 고독에 시달려왔다. 이런 운명을 나만 피해갈 수는 없다.

고독만 그런 것이 아니다. 모든 사람이 여러 가지 고민에 괴로워한다. 웅변가로 알려진 데모스테네스는 말더듬이었고, 다윈은 병약했으며, 스위프트는 자신의 재능을 사람들이 알아주지 않아서, 프로이트는 광장공포증으로, 처칠과 톨스토이는 못생긴 얼굴 때문에 콤플렉스로 고통을 받았다. 그러니까 자기만 그런 고통을 겪고 있다는 사고방식은 잘못된 것이다. 말하자면 힘겹게 삶을 영위하는 우리는 고통을 더듬이로 삼아 사람들과 이어져 있다고 말할 수도 있겠다.

나답게 산다

나답게 산다. 나를 조용히 지킨다. 나를 숨기지 않는다. 나에 대해 허세를 부리지 않는다. 나를 함부로 내세워 자랑하지도 않는다. 동시에 나만이 피해자인 양 자기연민을 갖거나 자학하지도 않는다. 나만 중요하다고 여기지 않는 버릇을 들인다. 나를 남과 비교하지 않는다. 이것들은 모두 정신적으로 좋은 자세를 가진 사람의 특징이다.

이런 사람 저런 사람 다 필요하다

원래 인간의 뛰어난 점은 한 가지로 말할 수 없다. 학교에서는 꼼꼼하고, 준비물을 빠뜨리는 일이 없고, 숙제도 잘 해오는 아이가 좋은 평가를 받는다. 그에 비해 내가 결혼한 상대는 어떨까? 강연회, 원고 마감, 출판기념회, 다른 사람과 한 약속, 전부 잊어버린다. 잊어놓고도 도무지 그것을 나쁘다고 생각하지 않는 것 같다.

"나는 두 달 지나면 의미가 없어지는 일은 기억하지 않으려고 해."

태연하게 이렇게 말한다. 그 대신 읽은 책의 필요한 부분은 절대 잊지 않는다. 결정적인 순간에 머릿속에 정리해둔 어떤 서랍이든 재빨리 열어 필요한 자료를 즉각

모으는 것을 보면 놀랍기만 하다.

하지만 만약 그 사람이 공직에 있었다면… 생각만 해도 오싹하다. 모든 일을 기일에 맞추지 못하게 된다. 예산의 숫자는 0이 하나 많아지거나 적어지거나 엉망이 된다.

꼼꼼한 사람은 거기에 맞는 조직에서는 훌륭하게 능력을 드러내 많은 사람을 통솔하며 움직일 수 있다. 반면 많은 경우 꼼꼼한 사람은 창조적이지 않다. 물론 인간으로서 반드시 꼼꼼한 게 좋고, 야무지지 못한 것은 나쁘다고 말할 수는 없다. 자신의 적성에 따라 인간의 개성은 어떤 식으로든 효력을 발휘한다.

우리가 모르는 이유가 있다

혼다 가쓰이치(本多勝一)의 캐나다 에스키모에 관한 논문을 읽은 것은 이미 수년 전으로, 지금은 그 책조차 행방이 묘연하지만 아직도 잊을 수 없는 이야기가 있다.

개썰매에 대해 설명한 부분으로 에스키모는 앞에 개를 부채꼴로 세워 썰매를 끌게 한다. 가장 긴 밧줄에 묶여 선두에 서는 것은 머리가 좋은 뛰어난 개로 이놈이 무리를 이끌고 간다. 그런데 무리 중에는 항상 밧줄을 느슨하게 만드는 개가 한 마리씩 꼭 있다고 한다. 밧줄이 느슨해진다는 것은 썰매를 끄는 데 전혀 도움이 안 된다는 의미이니, 이런 개는 데리고 가지 않는 것이 좋을 텐데, 굳이 데리고 가는 이유가 있다.

이 개는 썰매를 탄 인간이 쉴 새 없이 휘두르는 채찍을 맞는 대상으로서 존재 가치가 있다. 개들은 일종의 공황상태에 빠져 달리는데, 이 쓸모없는 개는 항상 채찍을 맞으면서 애처롭게 낑낑거리면서 울부짖고, 그 울음소리가 다른 개들을 분발하게 한다.

이 개의 엉덩이는 계속 채찍을 맞아 털이 빠져 맨살이 드러나 있고, 개는 달리는 내내 끙끙거리면서 언제 다음 채찍이 떨어질까 두려워 계속 사람 쪽을 돌아본다는 부분을 읽었을 땐 납득할 수가 없었다.

이 개의 삶에서 좋은 점을 찾아내려면 신앙을 갖는 것 말고는 달리 방법이 없을 것이다. 에스키모의 개는 항상 먹이도 충분히 주지 않아 배고픈 상태라고 하니까 이 개가 이 세상에 태어나길 잘했다고 여길 만한 것은 하나도 없는 것처럼 보인다. 하지만 적어도 이 개는 썰매개 무리에게 반드시 필요한 존재다. 그런 사실이 나를 어이없게 했고 동시에 눈물을 머금게 했다. 이 개와 같은 존재로 살아가는 것도 의미가 있는 것이구나, 하고 생각하게 해 주었다.

인생의 무게는 사람마다 다르다

사람이 세상에서 겪어야 할 고생은 어디론가 달아나 숨는다고 없어지지 않는다. 마약 따위로 일시적으로 고단함을 잊을 수 있을지는 몰라도, 이는 결코 본질적인 해결책이 되지 못한다.

우리는 성실하게 자진해서 멍에를 받았고, 동시에 신이 주신 그 멍에를 짊어짐으로써 현실을 받아들이고, 고생을 견뎌낼 수 있는 정신적인 강인함을 얻고, 그 과정에서 의미를 찾고, 나아가서는 그것이 사는 보람과 기쁨이 되도록 운명지워진 것이다.

윌리엄 버클리는 이런 이야기를 소개한다.

"어떤 소년이 다리가 불편한 작은 아이를 등에 업고 있는 것을 보고 '너한테는 짐이 아주 버겁겠구나' 하고 말하자 그 소년은 '무거운 짐이 아닙니다. 내 동생이니까요' 하고 대답했다."

이런 건전한 아이들은 지금도 가난한 세계에 얼마든지 있다. 어머니는 지금 막냇동생을 낳고 있고, 보모가 있을 턱이 없으니 자연스럽게 형이나 누나가 동생을 돌보게 된다.

이런 기특한 대답은 누가 가르쳐주지 않았을 것이다. 이런 아이들은 아기 보고 소 치는 일로 바쁘고, 부모는 아무 관심도 없고, 학교에도 변변히 갈 수 없기 때문에 기특한 대답 같은 건 가르쳐줄 사람도 없다. 하지만 등에 업은 아기를 짐이라고 판단한 사람의 말은 그 아기를 업은 아이가 느끼는 것과 너무도 달랐다.

동생은 동생이다. 짐도 아니고 무거운 짐은 더더욱 아니다. 애정이 있으면 같은 무게라도 다르게 느낀다는 것을 이 작은 소년은 이미 알고 있었다.

사람은 노년에 성장한다

나는 요즘 들어 왜 노인에게 노년의 고통이 주어지는지를 조금씩이나마 알 것 같다.

이상한 표현이 될지 모르지만, 젊을 때는 복잡한 노년을 살아갈 자격도 재능도 없다. 몸이 자유롭지 않게 되고, 기억력이 나빠지고, 아름다운 용모를 자랑하던 사람이 추해지고, 사회적 지위를 가지고 있던 사람이 그것을 잃은 다음 남는 것은 그저 자신의 기력과 진정한 덕의 힘뿐이라는 상황에 처한다면, 젊은이는 도저히 그것을 감내할 힘이 없을 것이다. 다시 말해 그와 같은 노년의 조건 안에서 많은 사람들이 각자 나름대로 성장한다. 즉 소년기와 청년기가 몸의 발육기라면 장년기와 노년기는 정신의 완성기라 할 만하다. 그중에서도 노년기의 비중이 매우 클 것이다.

최근에 어떤 수녀님에게서 심금을 울리는 이야기를 들었다. 그분이 소속되어 있는 수도회는 로마나 파리에서 총회가 열리고, 그곳에 세계 각국을 대표하는 수녀님들이 모인다고 한다. 그곳에서 수녀들의 노후 문제가 화제로 올랐다. 수녀라고 해도 교직 등에서 정년이 된 후에는 일반인과 마찬가지로 생활의 변화에 대처해야 한다.

그때 아프리카에서 오신 한 수녀가 이렇게 말했다.

"여러분은 그런 일도 생각해야만 하는군요. 우리가 있는 곳에서는 노후 같은 건 문제가 되지 않아요. 평균수명이 마흔다섯 살이니까요."

나는 이 감동적인 말을 듣고 순간적으로 노후 문제가 없다니 얼마나 부러운 일인가, 하고 생각했다. 하지만 하루 이틀 지나면서 그런 내 태도가 얼마나 경박했던가, 하고 부끄러워했다.

노년을 모르고 생을 마친다는 것은 역시 안타까운 일이다. 그것은 인간으로서 완성을 보지 못하고 죽음에 내더져진다는 의미일 것이다. 나는 의학이 단지 인간의 생

명을 연장하는 것이라고 여기는 시기는 지났다고 생각한
다. 만약 불필요한 노화를 막고, 적당한 기간 노년을 맛
보며 살게 해준다면 그것은 아주 감사할 일이라고 말하
고 싶다.

지금은 서른이나 마흔 안팎의 사람들도 죽음이 그렇
게 멀리 있는 것은 아니다. 죽음은 언제라도 올 수 있고
머지않아 노년이 된다. 하지만 죽음은 삶의 맛을 더해주
는 소금 같은 존재다.

직접 겪어야만 이해할 수 있다

인간은 가능하면 직접 겪지 않고 알고 싶어 한다. 우리가 부지런히 책을 읽는 것은 그 때문이다. 표류하지 않고도 표류하는 게 어떤 것인지 이해할 수 있기를 바라는 것이다. 하지만 나를 포함해 거의 모든 변변치 못한 사람들은 체험하지 않고는 이해하지 못하는 일이 태반이다. 고생을 사서 한다는 것이 요즘 같은 세상에서 어리석은 일일지 모르지만, 내 안에서는 아주 조금이나마 그렇게 하지 않으면 사람이 형편없어진다는 경고가 늘 울리고 있다.

그 사람다운 일상을 살다 죽는다

얼마 전 한 의사에게 멋진 이야기를 들었다. 한 말기 암 환자가 딸과 사위가 전근한 곳에 새로 지은 집이 자꾸만 신경 쓰였다. 할 수 있다면 가보고 싶었다. 하지만 지금까지의 상식적 의료 체제에서는 어차피 그 지방까지 여행하는 것이 허락되지 않는다.

하지만 주치의는 갈 수 있으니 다녀오라고 말해주었다. 물론 자세한 상황은 잘 모르지만 진통제 등 가능한 한 방책을 준비하여 여행을 떠났을 것이다.

어쨌든 기쁨은 사람을 기운 나게 한다. 환자는 딸의 집에서 행복한 며칠을 보냈다. 아마 손자와 이야기도 나누고 가족과 식탁에 둘러앉기도 했을 것이다. 이미 한 모금도 삼킬 수 없었을지도 모르지만 가족의 단란함이란 사실 뭔가를 먹는 행위가 중요한 것이 아니다.

그 사람은 병원으로 돌아온 다음 날 죽었다. 모두 하나같이 이를 다행스럽게 여겼다. 그 이야기를 들은 사람은 '얼마나 멋진 삶의 마지막 나날이었을까?' 하고, 생각한다. 딸의 집에 가는 것은 애당초 무리였는데 주치의가 허가했기 때문에 환자의 죽음을 재촉했다고 소송하는 일은 결코 없었을 것이다. 오히려 주치의의 용기 있는 결단에 깊이 감사하는 것이 가족의 마음이다.

음악을 좋아하는 나의 지인도 암을 앓고 있다. 체력은 떨어졌지만 음악회에 가고 싶은 마음만은 여전하다.

나는 가라고 부추긴다. 진통제 효과 때문에 좀 멍한 상태라고 지인은 불안해하지만 졸리면 자면 되는 것이다. 만일 음악을 들으면서 죽는다면 그보다 멋진 죽음도 그리 흔치 않을 것이다. 사람은 마지막 순간까지 그 사람다운 일상을 지키는 것이 가장 좋은 것이다.

치유의 힘은 결국 내 안에서 나온다

　최근 트라우마, 즉 정신적 외상을 치료할 수 있도록 사회나 주위에서 마음의 상처를 입은 사람에게 힘을 주어야 한다는 의식이 싹트기 시작했다. 처음에 나는 그 '배려'에 감동했다. 예전에는 슬픈 일이 있으면 남몰래 울었다. 눈치챈 주변의 소박한 사람들이 먹을 것이며 이것저것 소소하게 챙겨주며 "힘내서 살아야지." 하고 말해주는 정도가 고작이었다.

　하지만 트라우마를 없애는 사후 치료가 있다면 기술적으로도 좀 더 적절한 방법이 있을지도 모른다. 감기가 들면 한방약으로 열을 낮추는 방법밖에 없었던 예전과 달리 근대적 특효약이 있는 걸까, 하는 생각도 들었다.

그런데 사후 치료가 일반화되자 사람들은 누군가 돌봐주겠지, 하고 당연하게 여기기 시작했다. 위로의 손길이 없는 것은 사회와 주변이 냉정하기 때문이라고 생각하지만 그런 것은 사실 존재하지 않는다.

옛날에 초등학생이었던 내가 어머니의 손에 이끌려 동반자살에 말려들 뻔했을 때, 나는 온갖 지혜를 짜내 살아남으려고 했다. 누군가 나를 도와줄 사람과 조직이 없을까 생각했다. 하지만 어디에도 도와줄 만한 사람은 없었다. 그야말로 '어디에도' 없었다. 그 상황은 지금껏 달라진 것이 없다고 생각한다.

결국 나는 혼자서 상처 입은 들개처럼 자신의 상처를 핥았다. 애처로운 방법이었지만 우여곡절 끝에 살아남았을 때 나는 혼자 힘으로 살길을 찾았다는 데 얼마쯤 긍지를 품었다. 결코 자신을 칭찬하고 싶다는 생각을 하지는 않았지만 내심 은근히 운이 좋아 다행이라고 안심했다. 그때는 무척 힘든 날들이었건만 지금 생각하면 그 정도의 일은 세상 한 귀퉁이에서 늘 일어나는, '남에게 이야기할 만한 것도 못 되는' 흔한 비극 정도로 그 일을 떠올릴 수 있게 되었다.

지금 내가 새삼스레 해묵은 그 일을 들추는 것은 그것

이 대단한 경험이 아니라 오히려 하찮은 경험이기 때문에 '아아, 나도 그랬어.' 하며 안심하는 사람이 있을지도 모른다고 생각하기 때문이다.

실제로 치료할 힘은 결국 당사자에게서 나온다. 그리고 그처럼 본능에 가까운 힘은 사실은 누구나 가지고 있다.

애쓰지 않는다

몇 년 전 갑자기 두드러기 증상이 일어난 적이 있다. 비행기에서 즐겁게 맥주를 마셨을 뿐인데, 그것이 시작이었다. 약을 먹어도 낫지 않았다. 음식과 상관이 있는 것도 아니었다. 심한 날은 물만 마셔도 났다.

가려움 때문에 죽는 사람은 없겠지만 시간이 지나면서 조금씩 피곤해졌다. 그 무렵 나아가고 있었다는 의미도 될 것이다.

남편이 하루는 재미있는 기사를 읽었다며 내게 말했다. 두드러기는 음식 때문에 생기는 병으로 생각하지만 사실은 심리적인 병이라고 쓰여 있다는 것이다.

"도서이 될 수 없는 사람에게 생긴다더군."

그 말을 듣고 내가 처음에 느낀 것은 수치심이었다. 누구에게도 소심하다는 것을 들키고 싶지 않았다. 이 날 이후로 나는 쉴 때에는 충분히 쉬는 호쾌한 인물로 보이도록 해야겠다고 결심했다.

다행히 우리 집에는 노는 것을 죄악이라 여기는 분위기는 전혀 없다. 나는 밤에는 일찍 자고, 미숙한 원예에 실패해도 재미라 여기고, 원고 마감일은 크게 신경 쓰지 않기로 했다. 때로는 신통치 않은 문장을 쓴다 한들 상관없잖아, 하고 자신을 다독이며, 그럭저럭 자연스레 살아가는 요령을 익히게 된 것 같은 기분이 들었다.

그러자 그와 동시에 두드러기가 사라져버렸다.

안 그런 척 남을 속일 수 없다

인간은 과연 안 그런 척 가장하는 것으로 남을 완전히 속일 수 있을까? 젊을 때는 노력하면 그럴 수 있다고 생각했다. 하지만 지금의 나는 다른 대답을 하게 되었다. 인간은 결코 그런 것으로 본질을 감출 수 없다. 물론 사람을 사귀는 데는 얕고 깊음이 있다. 어느 날 내가 막 잠에서 깨어나 몽롱한 얼굴로, 빗질도 하지 않은 머리에, 반쯤 시체 같은 표정으로, 누더기 같은 잠옷을 입고 툇마루에 서 있는 모습을 본 사람은 아, 참 너무하다 하고 생각할 것이다. 반대로 내가 1년에 몇 번 곱게 치장을 하고 나서는 모습을 본 사람은 내가 언제나 깔끔하고 옷맵시가 좋은 녀석이라고 착각할지도 모른다. 이 두 가지 모습은 어느 쪽이든 사실은 거짓이다.

나는 좀처럼 옷을 사들이지 않는 사람이건만 좋은 물건이 있으면 내게 꼭 보여주게 된다는 옷가게 청년이 어느 날 말했다.

"사모님은 언제 뵈어도 늘 편한 바지와 셔츠 차림의 활동적인 모습이시군요."

이것을 칭찬으로 받아들일지 일종의 비아냥거림으로 받아들일지는 내 자유다. 나는 옷가게에는 전혀 도움이 되지 않지만 소탈한 사람으로 보였는지도 모른다. 어쨌든 진실은 언젠가 밝혀지는 법이다.

갈등의 틈새에서 살아간다

우리는 우연히 이 나라를 조국으로 하여 생명을 부여 받았고, 그 전통을 뼛속 깊이 이어받으며 각각의 가정환경에서 자라면서, 서로 다른 재능을 물려받으며 살아왔다. 어느 누구도 그 역사로부터 자유로울 수는 없지만, 한편으로 개성을 갖지 않은 사람도 없다. 그것은 바로 둘도 없는 인생이며 존재다.

실로 우리는 늘 현실적인 환경의 지배를 받으며 살아간다. 그곳에는 한없이 선과 악의 중간에 위치하는 인생이 펼쳐질 뿐이다. 그러므로 어느 순간에 악이 그 모습을 보여도 절망할 필요 없고, 다음 순간에 선이 빛나는 것이 보인다고 안심할 수도 없다. 그 갈등의 틈새에서 우리는 자라며 사는 것이다.

3부
이면이 있다

사람마다 그늘이 있다

지인 가운데 음악을 좋아하는 사람이 있다. 그 사람에게는 클래식 음악이 생활의 일부다. 내가 찾아가면 그 사람은 어김없이 클래식 음악을 들려준다. 우리 집에서는 구경도 할 수 없는 멋진 스테레오 설비지만 나는 누군가와 이야기를 나누면서 음악 듣는 것을 그다지 좋아하지 않는다. 그럴 때는 음악도 시끄럽게 느껴진다.

지인의 어머니 또한 친절하다. 어느 여름에 나는 그 집에 불려가 거의 세 시간 정도 기다린 끝에 경단을 대접받았다. 솔직히 말해 나는 단것을 그리 좋아하지 않기 때문에 경단이 완성되기를 기다리는 세 시간이 그다지 즐겁지 않았다.

나는 사람의 선의나 호의를 바탕으로 한 세상의 미담을 듣고 순진하게 기뻐하는 성격이 못 된다. 감탄하다가도 반사적으로 그 사건의 속사정이나 차마 입밖에 내지 못할 부분을 생각하면 도저히 곧이곧대로 이야기에 빠져들 수가 없다. 아마도 어릴 때 가정 환경에서 받은 상처의 후유증 때문인 것 같다.

　사람은 누구나 자신의 운명을 받아들이는 수밖에 없다. 태어날 때부터 다리가 불편한 사람은 장애 자체를 완전히 고칠 수는 없을 테니 그 상태를 자신의 특징으로 받아들이고 살아간다. 시력이 좋지 않았던 나는 다른 사람과 사귀는 것이 두려웠다. 그래서 나를 둘러싼 세상을 좁히고도 살아갈 수 있는 소설가의 길을 선택했다. 나 또한 시력이 좋지 않은 상태를 받아들이는 수밖에 없었다. 내 시력이 좋지 않다고 해서 내 눈을 다른 사람의 눈과 바꿔치기할 수도 없으니 말이다.

　나는 철이 들 무렵부터 모든 사물에는 이면이 있고, 사람에게는 그늘이 있다는 걸 믿었기에 타인에게 크게 실망하는 일도 없었다.

사람을 알아보기란 어렵다

인간은 본능적으로 치장하는 동물이다. 나이가 들면서 체력과 기력이 떨어지고 치장하는 일에 조금씩 회의를 느끼기 시작하면 치장하는 것이 어리석게 느껴진다. 하지만 젊을 때에는 자신을 좋게 보이려는 마음이 생리적으로 강하다. 그 속에서 진실을 꿰뚫어보는 눈을 가져야 한다.

데이트 약속에 늦지 않고, 어깨에 비듬이 떨어진 채 다니지 않으며, 자취방을 깔끔하게 정리, 정돈하는 청년은 딸을 가진 어머니라면 대부분 사윗감으로서 호의적인 마음으로 보게 될 것이다. 하지만 그 딸 역시 자신의 방을 구석구석까지 말끔하게 치워놓지 않으면 마음이 놓이

지 않는 꼼꼼한 성격이라면 몰라도 이처럼 정확한 사람
은 대부분 다른 사람에게 관대하지 않다. 결혼한 다음 날
부터 목욕물 온도가 조금만 뜨거워도 불평하고 책장 한
구석에 먼지가 묻어 있다고 고함을 지르는 남편이 되기
십상이다.

흔히 말하는 날라리 청년이 있다. 본인이 여자에게 인
기가 있다는 자신감이 있고, 결혼 직전까지 갔던 여자도
있었고 깊은 관계를 맺은 술집 아가씨도 있었다.

다 그렇다고 할 수는 없지만 이런 청년 중에 썩 괜찮
은 남편이 되는 이가 있다. 여자의 마음을 속속들이 알기
때문에 40대쯤에 갑자기 갈팡질팡 흔들리는 일도 없다.
여자 보는 눈 하나는 지나칠 정도로 확실하기 때문이다.

이런 날라리 청년이야말로 사실 남편감으로는 최고
지만, 여자관계가 복잡한 남자가 가정에 충실한 남편으
로 어울린다고 생각하기란 참 어려운 일이다.

아가씨도 마찬가지다. 소박하고 현명하게 보이던 아
가씨가 계산속만 빠른 아줌마가 되기도 하고 예의 바르
게 보였던 아가씨가 남보기에는 그럴싸하지만 마음이 차
가운 며느리가 되기도 한다.

아무지지 무하고 숫기 없던 아가씨가 활달한 아내가

되는 경우도 많고, 학창 시절에는 전혀 존재감 없던 아가씨가 직장에서 없어서는 안 될 책임감 있는 인물이 되는 경우도 많다.

이러한 것들은 젊을 때 잘 알아보면 좋다. 결혼을 전제로 한 실리적 이유 때문만은 결코 아니다.

이해받지 못할 때 거짓말을 한다

나는 거짓말을 할 때도 굳이 말하자면 태연한 편이다. 명색이 소설가다. 게다가 어릴 때부터 사이가 나쁜 부모 밑에서 자랐다. 어머니의 귀가 시간이 조금이라도 늦어지면 심하게 나무라는 아버지에게 어머니는 종종 사소한 거짓말로 둘러댔다. 지하철이나 버스가 고장 나 제때 오지 않았다든지, 사야 할 것을 깜빡 잊어버려서 되돌아갔다 오느라 늦어졌다는 식이다. 작은 거짓말로 잠깐의 들볶임에서 벗어날 수 있다. 나는 어린 마음에도, 참 대단하구나 싶었다.

하지만, 이라고 해야 할지 그래서, 라고 해야 할지 모르지만 나는 크면 거짓말을 하지 않아도 되는 소박한 생활을 하고 싶다고 생각했다. 어머니가 의식하고 한 말인지 어떤지 모르지만 어느 날 내게 "거짓말은 하지 않는 것이 좋아. 거짓말을 하면 나중에 골치 아파지니까." 라고 한 말이 지금도 귓가에 생생하다. 그리고 집에서 거짓말을 해야 하는 생활만은 하고 싶지 않다는 나의 바람은 이루어졌으니 그것만으로도 나는 충분히 감사하다.

선의를 갖고 있다고 확신하는 사람

최근에 어떤 시어머니와 며느리에 대한 재미있는 이
야기를 들었다. 며느리가 사랑스러워 어쩔 줄 모르는 시
어머니가 있었다. 며느리도 시어머니를 잘 따랐고, 이렇
게까지 딸처럼 생각해주는 시어머니는 세상에 없을 거라
며 좋아했다.

그런데 얼마 지나지 않아 이 며느리는 심장 발작을 일
으키기 시작했다. 그러자 시어머니는 걱정이 되어 견딜
수가 없었다. 언제, 어느 순간에 며느리가 발작을 일으켜
위급한 상태가 될지 모르기 때문에 늘 며느리 곁을 떠나
지 않았고, 밤에도 옆에 이불을 깔고 같이 잤다. 그런데
도 며느리의 증상은 도무지 나아질 기미가 없었다. 결국

병원에 입원했더니(그러니까 시어머니에게서 떨어지자) 며느리의 증상이 거짓말처럼 가벼워졌다.

이 며느리는 사실 시어머니를 미워한 것이다. 사랑과 증오의 본질을 직시하지 않으려고 했던 것뿐이다. 남남끼리라 해도 진짜 모녀와 비슷한 감정이 생긴다는 미담을 스스로 확인하고 싶었을 것이다.

이 시어머니 역시 며느리를 그다지 사랑하지 않았다. 오히려 아들을 빼앗아갔다는 미움조차 있었을 것이다. 그러나 이 노부인은 그 추한 감정을 솔직하게 받아들이기를 거부했다. 그 때문에 사랑이라는 명분 아래 며느리가 아들과 가까워지지 못하도록 잔혹한 방법을 부지런히 생각해냈지만, 그런 의도를 자기 자신조차 전혀 의식하지 못한 것이다.

스스로 선의를 갖고 있다고 확신하는 사람들의 난감한 점은 자신의 확신이 때때로 진실을 못 보게 하고, 그 때문에 자기도 모르는 사이에 상대에게 상처를 주는 결과를 초래하는 데에 있다.

대부분 악인도 선인도 아니다

사실 인간은 완전한 악인도 없을 뿐더러 완전한 선인
도 없다. 극단적인 악인과 선인은 똑같이 다른 사람을 부
담스럽게 만든다. 적당히 사는 사람, 엉성한 사람은 사기
꾼이 아닌 다음에야, 세상에 그다지 해를 끼치지 않을 것
같다.

복잡한 영리함과 투명한 순함

"그러니까 뱀처럼 슬기롭고 비둘기처럼 순박하게 되어라."

이렇게 성서는 가르친다. 이 말에는 의리, 인정, 연륜 등으로 도저히 처리할 수 없는, 강인하고 복잡한 인간성과 논리가 숨겨져 있다. 사람은 때에 따라서 거짓말도 하고, 속이기도 하며, 돈벌이를 하려고 기를 쓰고, 그 정도가 심해지면 살인을 저지를지도 모른다.

따라서 성서는 그저 밝고 친절한 좋은 사람이 되라고는 결코 가르치지 않는다. 복잡한 영리함과 투명한 순함이 조화된 중층적 정신 구조를 가진 인간이 되라고 명한다.

아무도 모르는 곳에서 살고 싶다

우리의 일생은 사람과 함께 시작된다. 자식이 없는 사람은 얼마든지 있지만 부모가 없는 사람은 없다. 늑대 소년과 같은 특수한 경우를 제외하고 인간과 접촉하지 않고 크는 사람은 없다. 우리는 끊임없이 인간에 의해 생명을 얻고, 인간에 의해 길러지며, 인간에게 상처를 주며 살아간다.

우리가 고통스러운 것은 무슨 이유에서 일까? 만약 내가 태어나서 계속 숲 속에서 혼자 살아 왔다면 나는 아마배신이나 미움이라는 단어를 모르고 지냈을 것이다. 그런가 하면 사랑과 그리움이라는 표현 또한 몰랐을 것이다. 배고픔, 추위, 피로, 잠, 공포 등 동물과 같은 정도의 감정은 나눠 가지더라도 인간만이 가진 정서와는 인연 없이 살아야 했을 거라고 생각한다.

인간의 마음에는 많은 모순이 있다

나는 애초에 잃을 것이 없는 평범한 작가일 뿐이다. 그래서 어떤 말을 할 때 오히려 마음이 편안한 점도 있다. 원래 작가라는 것은 무뢰한의 직업이라고 여겨지건만 지금 작가들 중에는 자신들이 자못 휴머니스트라는 것을 보이려고 열심인 사람도 많아졌다. 정말 한심한 일이다. 특별히 나쁜 사람처럼 굴 마음은 없다. 나는 그럴 만한 인물이 아니기 때문이다. 다만 인간의 마음에는 많은 모순이 있다는 것을 냉정하게 인정하는 것이 글쟁이의 자세라고 생각할 따름이다.

나는 가끔 노자를 읽으면 힘이 나곤 하는데 노자에게는 절대라는 생각이 없기 때문이다. 노자에 이런 말이 있다.

　"밝은 길은 어두움과 같고
　나아가는 길은 물러섬과 같고
　평편한 길은 울퉁불퉁함과 같고
　최상의 길은 골짜기와 같고
　순백은 더러움과 같고
　넓은 덕은 모자람과 같고
　건전한 덕은 경박함과 같고
　진실은 변하기 쉽다."

불쾌한 체험에서도 배운다

가정 교육이라는 것은 무척 강제적이다. 자식은 인사하는 방법부터 계절에 따라 해야 하는 안부 인사까지 부모가 일러준 것을 의미도 모르고 마지못해 따른다. 걸을 때는 우측통행 해야 하고, 대중교통을 이용할 때는 표를 사야 하며, 밥 먹기 전에 손을 씻어야 하고, 학교에 들어가기 위해서는 입시라는 제도를 거쳐야 한다는 것을 주입받고 따른다. 이 모든 제도에는 넌덜머리 날 것 같은 압박감이 있다. 스스로 받아들인 것도 아닌데 어쩔 수 없이 따를 뿐이다.

그러다 보면 공손한 인사가 가장 편안하고 간결한 인간관계의 기본이라는 것을 이해하게 되고, 일본에서는 좌측통행을 지키지 않으면 엄청난 교통사고가 일어난다는 것을 알게 된다. 잡균이 많은 곳에 가면 손을 씻는 것이 병에 걸리지 않을 확률이 높다는 것을 이해하고, 실력이 비슷한 학생을 모아놓으면 훨씬 더 효율적으로 공부할 수 있다는 것을 인식하기 때문에 마지못해 입시 제도를 승인한다.

모든 교육은 반드시 강제에서 시작된다. 개를 개라는 낱말로 기억하도록 하는 것도 훌륭한 강제일 것이다. 내가 개를 성게라고 부르고 싶다고 주장하면 의사 전달에 장애가 생기고 학문의 세계도 혼란에 빠진다. 하지만 이상 사태가 아닌 한, 강제를 언제까지고 계속할 필요는 없다. '어릴 때'와 '어떤 일을 새로 시작할 때' 강제의 형태로 시작된 일이라도 결국은 스스로 선택하고, 받아들여 계속할 것인지 거부하고 그만둘 것인지 선택하는 때가 온다.

부모님은 피아노를 배우게 했지만 나는 아무래도 흥미가 일지 않아 그만두었다. 하지만 초등학교 1학년 때부터 일요일마다 강제로 쓰게 했던 작문 연습은 내 취향과 맞아떨어져 나는 작가가 되었다.

의무적으로 봉사활동을 시키는 것이 지긋지긋하다,

질색이라고 하는 사람은 어김없이 나온다. 그때, 그 아이나 청년은 자신이 어떠한 직업에 종사하여 어떤 식으로 생애를 보내면 좋을지를 명확히 재발견할 수 있다. 봉사활동이 의외로 재미있었다고 말하는 사람이 많은데 그러한 사람들은 그것을 계기로 평생 받기만 하는 사람이 아니라 남에게 베풀 줄 아는 정신을 가진 어른으로 성장한다.

사람은 유쾌하고 행복한 경험에서도 배우고 자아를 발견하지만, 불쾌하고 불행한 체험에서도 인생을 배운다. 물론 불쾌하고 불행한 체험이 도움이 된다고 해서 일부러 전쟁, 질병, 몸이 망가질 정도의 노역을 겪게 하려는 사람은 아무도 없다.

득이 될 때 진실도 말하고 거짓말도 한다

인간이 얼마나 불순한지는 기원전 5세기 중엽에 실존한 인물인 헤로도토스가 쓴 《역사》에 잘 드러난다.

"우리는 거짓을 말할 때나 진실을 말할 때나, 결국 노리는 바는 하나다. 거짓말로 상대를 이해시켜 이득을 얻을 가능성이 있을 때는 거짓말을 하고, 오히려 진실을 말해 이득을 얻고 상대로 하여금 자신을 더 믿게 하려는 목적에서 진실을 말한다. 이처럼 우리가 하는 일은 같지 않더라도 바라는 목적은 같다. 아무 득이 없다면 정직한 사람도 거짓말을 할 것이고, 거짓말쟁이도 정직한 자가 될 것이다."

기원전 5세기에 이미 이 정도의 심리는 간파되었다. 그러니 모든 인간은 득이 되도록 처신할 뿐이라고 하는 게 옳을 것이다.

어른의 감성이 생긴다

현세에 악의 요소가 사라지는 일은 없다. 물론 선의 기운이 없어지는 일도 없다. 선하기만 하거나 악하기만 한 것도 없다. 요컨대 어느 지점에서 타협하는지가 관건이다. 물론 되도록 좋은 지점에서 결정을 내리는 것이 바람직한 것은 말할 필요도 없다.

어른은 이상론을 펼칠 때가 많지만 사실 그것은 유치한 면이 있다. 우리는 이상을 목표로 하지만 현실은 결코 이상적으로 전개되지 않는다는 것을 알고 있다. 이런 과정 속에서 망설임, 수치심, 관대함, 비뚤어짐, 슬픔, 용서 등등을 이해하는 어른의 감성이 생겨나는 것이다.

교사는 그 직업의 성격상 이렇듯 불순하고, 그래서 더

욱 인간을 성숙하고 넉넉하게 만드는 견해를 가르치기 어렵다. 하지만 부모라면 가르칠 수 있다. 이러한 이야기는 오해를 걱정할 필요가 없는 가정이라는 편안한 밀실 같은 장소에서, 밥을 먹을 때나 목욕을 하며 말하기에 적당한 화제인 것이다.

살기 위해 어리석은 짓도 한다

환경 파괴라고 하면 일본인은 누구나 강둑을 쌓는 공사, 댐 건설, 바다 간척, 산의 절개, 도로 건설 등을 바로 떠올리는데, 중국은 세계 최대 규모의 싼샤(三峽) 댐을 만들고 타클라마칸 사막 종단 도로를 완성했다. 두 가지 대규모 공사는 결국 엄청난 환경 파괴 행위가 될 것이다. 하지만 인간은 살기 위해서는 현명한 일과 더불어 어리석은 짓도 하고, 때로는 만행을 저지르기도 한다.

문명의 혜택을 받으면서 자연을 지킬 수는 없다. 반딧불이가 꿈속처럼 날아다니는 지역에는 필연적으로 공업도 산업도 없다. 반딧불이를 살리는 일과 실업자를 구제하는 일 중 어느 쪽을 선택할 것인지 정하는 것이 인생이다.

하늘에 떠 있는 연 같다

연이 하늘 높이 날 수 있는 것은
누군가 줄을
당기고 있기 때문이다.
하지만 연은
그 줄만 없으면
좀 더 자유롭게
하늘을 날 수 있을 거라고
생각한다.
그 줄이 없으면
땅으로
떨어지는 줄도

모르고.

연의 줄은 실패, 고생, 불운, 가난, 가족을 부양할 의무, 자신과 가족의 질병에 대한 정신적 지원, 이해받지 못하는 것, 오해받는 것 등등을 의미한다. 그것들은 확실히 자유를 구속하는 것처럼 보이지만 그 무거운 줄에 묶여 있을 때 비로소 연은 푸른 하늘 거센 바람 속에서 마음껏 춤을 추는 것이다.

조심스럽게 꺼내어 음미한다

자기한테 좋은 일이라곤 아무것도 없었다고 말하는 사람이 있을지 모른다. 하지만 세상에서 좋은 일이 전혀 없는 사람은 거의 없다.

어떠한 처지에서도 마음을 열면 반드시 무엇이든 감동할 일은 있다. 그것을 조심스럽게 꺼내어 음미한다. 그리고 많은 것을 바라지 않는다면 이것을 음미한 것만으로도 역시 태어나길 잘했다고 여기게 될 것이다.

뭐든 스트레스가 있어야 한다

동물원의 사자는 항상 먹이가 있으니까 게을러진다고 한다. 동물원의 사자를 오래 살게 하려면 어떻게 할까? 먹이를 잡을 필요도 없으니 동물원의 사자들은 사람이 지나다니는 찻길에서 늘어지게 잠을 자고 있다. 그놈들을 자동차가 일부러 치려고 한다. 물론 사자는 잽싸니까 절대 차에 치거나 하진 않는다. 왜 그러냐 하면 그것이 놈들의 건강을 유지하게 하기 위한 유일한 스트레스라고 한다. 그걸 빼고는 사육당하는 사자에게는 아무런 스트레스가 없다. 적도 없고 먹이도 항상 있기 때문이다.

아무런 스트레스가 없다는 게 반드시 좋지만은 않다. 뭐든 조금은 스트레스가 있어야 몸에 좋다는 의미다.

성인군자보다 악인을 대하는 편안함

　오랫동안 휠체어 부대의 대장임을 자처해온 남편은 휠체어를 처음 미는 젊은이에게 사용법을 가르치는데 거짓말도 곧잘 했다.

　"그럼 지금부터 밥 먹으러 갑니다. 식당은 2층입니다. 수영장이 있고 그곳에서 비키니 차림의 미녀가 수영을 하고 있습니다."

　휠체어를 탄 남자가 오면 이런 식으로 말하니 휠체어를 탄 이도 뒤에서 미는 이도 필사적이 될밖에. 하지만 열다섯 계단 정도 올라가보면 수영장은 있어도 사람은 아무도 없기 일쑤였다. 거짓말도 잘하네, 하고 내가 노려보아도 가못 태연한 얼굴이다. 그래도 모두 어른이라 속

고도 웃으면서 스스럼없이 대하는 듯하다. 성인군자보다
약간은 악인을 대하는 것이 모두들 편한 것 같다.

남이 알아주었으면 하는 마음이 있다

"너희는 사람들에게 보이려고 그들 앞에서 의로운 일을 하지 않도록 조심하여라. 그러지 않으면 하늘에 계신 너희 아버지에게서 상을 받지 못한다.

그러므로 네가 자선을 베풀 때에는 위선자들이 사람들에게 칭찬을 받으려고 회당과 거리에서 하듯이, 스스로 나팔을 불지 마라."

마태오복음 6장 1절부터 시작되는 구절을 절실하게 다시금 의식한 것은 중년에 가까워진 뒤부터였던 듯한데, 그 일부는 고등학교 시절부터 삶의 규범으로 자리 잡고 있었다.

삶의 정제된 아름다움이 이토록 미묘하게 묘사되어 있었던가, 하고 나는 놀라움을 금치 못했다.

성서에 묘사된 광경은 결코 당시의 유대에만 있었던 특이한 광경은 아니다. 어느 시대라도 자신의 선행을 퍼뜨리기 위해, 은근히 눈에 띄도록 행동하는 사람은 얼마든지 있다.

생각해보면 좋은 일을 하는 것이니 만큼 그것을 사람들이 알아주었으면 하는 것도 특별히 나쁜 것은 아니다. 하지만 자화자찬이 되면, 아름다운 향기가 어디론가 사라지는 것 같은 기분이 든다.

존재하는 모든 것은 좋은 것이다

"존재하는 모든 것은 좋은 것이다."

토마스 아퀴나스의 이 말을 접하고 충격을 받은 것은 내가 이미 젊다고는 할 수 없는 나이가 되었을 때였다. 그 말을 접하는 순간, 그때까지 내 마음속에서 희미한 상태로 남아 있던 것이 단번에 명쾌해졌다. 지금의 나 정도 나이가 되면 모든 존재하는 것 저마다의 가진 임무와 의미를 이해하게 된다. 그것은 하나같이 단순하지 않다. 질병과 전쟁은 명백히 좋지 않은 것이지만 그 안에서도 훌륭한 인생을 보거나 깨달음을 얻은 사람이 전혀 없다고 한 수도 없다. 그렇다고 해서 질병과 전쟁을 권려하려는 사람은 아무도 없다.

하지만 세상은 좀 더 지름길의 인생을 기대한다. 좋은 것이 아니면 존재를 허용하지 말라고 하고, 지금도 나쁜 짓을 하면 참혹한 꼴을 당한다는 권선징악의 세상을 기대한다. 확실히 세상은 악인이 활개를 치지 않는 게 바람직할 것이다. 하지만 선행을 한 만큼 사람이 복을 받고, 저지른 악행의 분량만큼 현세에서 벌을 받는다면 사람은 좋은 일만 생길 거라는 기대로 선행을 할 것이다. 그것은 장사꾼이 판치는 세상이다. 인간은 행운을 사는 수단으로서 선행을 행하게 된다.

신은 그 끔찍함을 피할 수 있도록 해주셨다. 현세에서는 전혀 논리적으로 합당한 보상을 받을 수 없더라도 역시 선행을 한다는 자주성과 그 긍지와, 그 영광을 인간에게 허락했으니 말이다.

힘들었던 일의 이면

우리가 살아가는 동안 무거운 짐은 늘 따라다닌다. 가난, 정치적 격변, 질병, 부모의 죽음, 사고 등을 겪더라도 국가적·사회적으로 구제할 여력이 없는 나라는 얼마든지 있다.

살면서 골절과 타박상 한 번 겪어보지 않은 사람은 없을 것이다. 사기꾼 같은 사람과 한 번도 말을 섞어보지 않은 이도 없을 것이며, 한 번도 도둑질을 당한 적이 없는 사람도 드물 것이다. 사람은 모두 말할 가치가 있는 무용담, 눈물겨운 고생담, 두려움에 떨었던 이야기, 위기일발의 순간을 간직하고 있다.

어머니가 나와 함께 죽으려 동반자살을 기도한 것은

내가 초등학교 고학년이었을 때다. 나는 지금도 어머니가 죽으려고 한 이유를 정확히 말할 수는 없다. 어머니라고는 하지만 타인인 것이다. 하지만 어머니가 죽을 만큼 결혼 생활이 싫었던 것만은 확실하다.

죽으려고 하지 말고 얼른 이혼해버리면 좋았을 텐데, 하고 나는 생각한다. 어머니는 아버지의 성격이 고약해서 이혼하겠다고 하면 어머니에게 돈을 한 푼도 주지 않았을 거라고 한다. 어머니가 먹고살 길이 막막해 참고 결혼 생활을 이어갔다고 아무리 설명해도 지금 사람들은 "슈퍼마켓에서 아르바이트라도 하면 되잖아요?" "기초생활보장제도가 있잖아요?" 하고 말한다. 슈퍼마켓도 기초생활보장제도도 당시에는 없었다. 하기야 구걸이라는 방법은 있었다. 다리 위나 역 구내에 빈 깡통을 앞에 놓고 앉아서 동전을 구걸하는 사람들 말이다.

내가 명백히 어머니보다 강하다고 생각하는 것은 나는 어머니와 달리 구걸을 할 수 있기 때문이다. 어머니는 그런 짓을 하느니 죽는 게 낫겠다고 생각한 반면, 나는 그것, 그러니까 구걸을 말도 안 되는 이상한 일이라거나, 비참함으로 여기지는 않을 것 같다.

어머니와 나의 동반자살이 무위에 그친 것은 내가 울

면서 살고 싶다고 말했기 때문이다. 어머니가 진심으로 죽을 작정이었는지 어떤지는 모르겠다. 진심이라면 그 전에 칼로 나를 찔렀을 것이라고 생각하기 때문이다.

나는 커서도 계속 자살의 동반자가 될 뻔한 체험 정도 는 누구에게나 있을 거라고 생각했다. 그런 경험이 없는 사람이 많은 것에 놀랐을 만큼 어리석었던 나였지만, 어 린 날 겪은 그 일도 지금은 재미있는 이야깃거리의 하나 라 여길 수 있게 되었다.

결론은 교육적인 면에서 우리 부모님은 좋은 사람들 이었다는 사실이다. 나로 하여금 삶이란 냉엄하고 괴로 운 것임을 마음 깊이 알게 해주었기 때문이다.

아무것도 없기 때문에 완벽하다

　사막에서 생활한 적이 있다. 평소의 생활에 비해 아주 단순한 생활이었다. 전기도 수도도 들어오지 않으니 목욕을 할 수 없는 건 물론이고, 책상도 책과 책장도 없었다. 사소하게는 커피조차 마실 수 없었다. 사실 커피 같은 건 없어도 살 수 있지만, 또 커피만큼 그 사람의 취향을 잘 드러내는 것도 없다. 커피 잔의 모양과 디자인부터 티스푼 크기며 커피에 곁들이는 과자까지 다 다르다. 또 애초에 어떤 방식으로 커피를 타는지, 설탕과 우유나 크림은 넣는지 그냥 마시는지, 어떤 설탕을 좋아하는지에서도 취향이 갈린다. 이렇게 고작 커피 한 잔일지라도 희망 조건과 선택 항목은 무한히 늘어간다. 다도를 즐기는

사람이 자신이 주최하는 다도 모임에서 사용하는 도구
하나조차도 어울리지 않는 것을 용납하지 않는 것과 마
찬가지로 도구를 사용하는 사람은 항상 '부족'한 느낌에
시달리는 것이다. 하지만 사막은 아무것도 없기 때문에
오히려 '완벽'하다는 사실이 나로서는 놀라울 뿐이었다.

힘들 때 더욱 강해진다

"지금 나에게 주어진 약함을 자랑하려고 한다."

나는 성 바오로를 인용할 생각으로 이런 글을 쓴 적이 있다.

왜 약함을 자랑하는 걸까?

우리는 누구나 자신이 가진 약점을 숨겨두고 싶어 한다. 회사의 자금 사정이 절박하면 경영자는 절대 경영 상태가 나쁘다고 외부에 말하지 않는다. 정치가는 자신의 병을 끝까지 숨긴다. 하지만 성 바오로는 약함을 자랑했다.

그것은 약할 때야말로 자신이 더욱 강해지는 것을 알

기 때문이다. 가정의 불행, 병, 좌절……, 이러한 바람직하지 않은 상황에 맞닥뜨렸을 때 비로소 자신이 성장하고 강해졌다고 느낀 사람은 얼마든지 있을 것이다.

그런데도 우리는 그러한 불행과 좌절이 전부 무의미하게 인간성을 압박하는 것이므로 사회구조상 회피해야 하는 것으로 본다. 물론 병은 모든 사람이 피할 수 있도록 해야 한다. 불행이나 좌절도 누구든 가능하면 겪지 않고 지나가고 싶을 것이다. 하지만 불행이나 좌절이 때로는 그 사람을 성장시키고, 강하게 하며, 궁극적인 인생의 해답을 당당히 드러내기 위해 준비되었다고밖에 생각할 수 없는 경우도 있다.

자식은 부모에게 다양한 형태로 배운다

재미있는 것은, 자식들은 어떤 부모 밑에서도 삶을 배운다는 것이다. 하지만 예외는 있다. 자식에게 영합하는 줏대 없는 부모인데, 그런 부모에게는 배울 것이 하나도 없을 뿐 아니라, 오히려 아이 스스로 자기를 해치곤 해서 보기 괴롭다.

그렇지 않은 부모에게 자식은 다양한 형태로 배운다. 이해심 많은 부모에게도, 제멋대로 하고 사는 부모에게도, 일만 아는 부모에게도, 게으른 부모에게도, 술고래인 부모에게도, 세상 물정에 어두운 부모에게도, 구두쇠 부모에게도, 모험을 좋아하는 부모에게도, 정치를 좋아하는 부모에게도, 거의 모든 부모에게 배운다. 물론 배우는 양상은 제각각이다. 마음으로 존경하는 경우도 있고, 저런 아버지나 어머니만은 되지 않겠다고 굳게 다짐하는 형태로 배우는 경우도 있다. 이것이 반면교사로 삼는 형태인데 세상에는 이런 경우가 실로 많다. 하지만 많은 자식은 반면교사였던 아버지에게도 마음속으로는 감사하는 것이다.

유일한 예외가 자식이 원하는 대로 따르는 부모인데, 이런 부모에게서 자식은 거의 아무것도 배우지 못한다. 다시 말해 자식으로 하여금 저항을 느끼게 하지 못하는 부모는 영향력이 희박한 법이다.

불완전함으로써 비로소 알게 된다

60대 중반에 다리가 부러졌을 때, 나는 나이에 비해 회복이 잘 되었다고 자만하고 있었지만 역시 발목은 이전보다 딱딱해졌다. 뼈를 잇기 위해 박아놓은 못을 빼는 두 번째 수술의 상처가 나은 후, 나는 포장도로에서는 편안하게 빠른 걸음으로 갈 수 있었지만 바닥이 울퉁불퉁한 길이나 비탈길을 오르내리는 게 여간 고역스러운 게 아니었다. 나의 모든 의식을 발목에 집중해도 제대로 제동하는 게 쉽지 않았다.

나는 예전부터 밭일을 즐겼기 때문에 약 10개월 정도 몸조리를 하고 난 뒤, 장화를 신고 작은 밭에 내려갔을 때는 말할 수 없이 기뻤다. 하지만 나의 굳어버린 발목은 나의 의지에 완강히 저항했다. 비탈길은 발을 내딛을 때마다 다르기 때문에 발목은 그것에 맞춰 움직여줘야 하는데, 몹시 아프거나 힘이 빠지거나 하는 것이었다.

다리의 재활 치료에 무엇보다 밭일이 좋다는 것을 알게 된 것은 그때다. 한 걸음, 한 걸음 나의 발목은 다른 각도로 바닥의 굳은 정도에 따라 대응해야 한다. 고급 좌석버스의 뒤로 젖힐 수 있는 의자에 앉았을 때, 꽤 잘 만들어진 장치라고 감탄했는데, 인간의 발목은 그것보다 훨씬 더 정교한 기능을 가지고 있었다.

하지만 부러진 다리가 채 낫지 않은 채 밭일을 하기 전까지 나는 발목의 기능 같은 것은 거의 느낀 적이 없었다. 작가라는 내 직업에서 빼놓을 수 없는 취재를 위한 보행을 자유롭게 하고, 농사짓는 사람들에게 크나큰 존경을 갖게 해준 밭일을 하는 데에 있어 발목의 기능 따위는 의식조차 한 적이 없었다. 하나의 기쁨에 도달하는 데까지는 내 몸의 모든 기능이 그것에 참가하고 말없이 협력하고 있다는 사실은 평소에는 떠오르지도 않았다.

예측불허를 희망한다

'원더풀'이라는 영어는 일반적으로 '멋지다'라고 번역되지만 그것은 '풀 오브 원더' = '놀라움으로 가득하다'라는 의미로 즉 '깜짝 놀라다'라는 뜻이다. 살아 있으면 반드시 스스로 예상치도 못한 일이 일어난다. 영어를 사용하는 사람들은 예정대로의 결과가 나타나는 것을 멋지다고 느끼지 않고 예상 외의 일을 멋지다고 느낀 것이다.

불행을 줄이고 싶은 마음

나는 소녀 시절부터 어떤 불길한 징조 같은 것이 있었다. 그것은 '행복해지면 무섭다'는 것이었다.

어릴 때, 식량과 의류를 배급받아 생계를 꾸린 탓일까, 나는 언제부턴가 한 인간이 평생 맞는 불행과 행복의 양은 누구나 같을 거라는 생각을 갖기 시작했다.

그래서 나는 행복한 순간에도 이것은 지극히 비정상적인, 오래 지속되지 않을 상태구나, 하고 생각하는 버릇이 생겼다. 반신반의하면서 드러내놓고 기뻐하지 못하고, 비겁하게도 손안의 행복을 조금이라도 늘려보려 애썼다. 이것도 생각해보면 배급으로 연명하던 시절에 쌀로 죽을 쑤어 늘려 먹은 것과 같은 방식이지 않은가. 그

대신 불행하다는 생각이 들 때는 고통스러워하면서도 마음 한구석에서는 그 감정을 반기는 경향이 있었다. 그 정도 고통이라면 오히려 달갑게 받아들여 일생 맛보아야만 하는 불행의 절대량을 가능한 한 미리미리 줄여놓아 다른 종류의 불행에 시달리지 않게 되기를 바란 것이다.

타산지석 시리즈
"여행은 보이지 않는 지도에서 시작된다."

책읽는고양이

약간의 거리를 둔다

소노 아야코의 에세이. 객관적 행복을 좇느라 지친 영혼을 위로하는 책으로 '나' 자신을 속박해온 통념으로부터 벗어나 나답게 사는 삶으로 터닝할 수 있도록 이끌어준다. 9900원.

남들처럼 결혼하지 않습니다

소노 아야코의 부부 심리 에세이. 10,900원.

좋은 사람이길 포기하면 편안해지지

사람으로부터 편안해지는 법. 소노 아야코 지음. 11,800원.

알아주든 말든

오히려 실패, 단념, 잘 풀리지 않았던 관계 등등 누구나 꽁꽁 숨기고 싶어하는 경험들 속에서 인간의 본성과 언행의 본질을 끄집어냄으로써 나를 직시하게 만든다. 11,200원.

조그맣게 살 거야

외형적 단순함을 넘어 내면까지 비우는 삶을 사는 미니멀 라이프 예찬론. 진민영 지음. 11,200원.

되찾은 시간

잃어버린 시간을 찾아서 시작한 독립서점 '프루스트의서재'는 단순한 책방이기보다 '나다운 삶'을 실현하는 공간이자 시간이다. 박성민 지음. 13,800원.

내향인입니다

홀로 최고의 시간을 보내는 내향인 이야기. 얕게는 내향성에 대한 소개부터 깊게는 사회가 만들어놓은 많은 정형화된 '좋은 성격'에 대한 여러 가지 회의적 의문을 제기한다. 진민영 지음. 11,800원.

옮긴이 오근영

일본어 전문 번역가.
옮긴 책으로는 《남들처럼 결혼하지 않습니다》《빈곤의 광경》《내가 공부하는 이유》《집의 즐거움》《작은 집을 권하다》《이상한 나라의 토토》《일의 기본 생활의 기본 100》《하룻밤에 읽는 세계사 2》《나답게 살 용기》 등이 있다.

타인은 나를 모른다

1판 1쇄 발행 2017년 9월 25일
1판 6쇄 발행 2024년 6월 5일

지은이 소노 아야코
옮긴이 오근영
펴낸이 김현정
펴낸곳 도서출판리수

등록 제4-389호.(2000년 1월 13일)
주소 서울시 성동구 행당로 76 110호
전화 2299-3703
팩스 2282-3152
홈페이지 www. risu. co. kr
이메일 risubook@hanmail. net

ⓒ 2017, 도서출판리수
ISBN 979-11-86274-27-9 03830

※책값은 뒤표지에 있습니다.
※잘못 제본된 책은 바꾸어 드립니다.